ASIDUAS MORTES DE MARIA

AS DUAS MORTES DE MARIA

José Osmar Pumes

1ª edição / Porto Alegre-RS / 2024

Capa: Marco Cena
Produção editorial e revisão: Edições BesouroBox
Produção gráfica: André Luis Alt

Dados Internacionais de Catalogação na Publicação (CIP)

A797d   Pumes, José Osmar
         As duas mortes de Maria. / José Osmar Pumes. – Porto Alegre: BesouroBox, 2024.
         88 p. ; 14 x 21 cm

         ISBN: 978-85-5527-152-6

         1. Literatura brasileira. 2. Ficção. I. Título.

CDU 821.134.3(81)-3

Bibliotecária responsável Kátia Rosi Possobon CRB10/1782

Copyright © José Osmar Pumes, 2024.

Todos os direitos desta edição reservados a
Edições BesouroBox Ltda.
Rua Brito Peixoto, 224 - CEP: 91030-400
Passo D'Areia - Porto Alegre - RS
Fone: (51) 3337.5620
www.besourobox.com.br

Impresso no Brasil
Outubro de 2024.

*Há mais mistérios entre o céu
e a terra, Horácio, do que possa
conceber nossa vã filosofia.*
Hamlet, William Shakespeare.

*Então, isto é o inferno.
Eu não teria acreditado jamais...
Vocês se lembram: o enxofre, o fogo,
a grelha. Ah! Que brincadeira.
Não há necessidade de grelha:
o inferno são os outros.*
Huis clos / Entre quatro paredes,
Jean-Paul Sartre.

Da vez primeira em que me assassinaram,
Perdi um jeito de sorrir que eu tinha.
Depois, a cada vez que me mataram,
Foram levando qualquer coisa minha.

Hoje, dos meu cadáveres eu sou
O mais desnudo, o que não tem mais nada.
Arde um toco de Vela amarelada,
Como único bem que me ficou.

Vinde! Corvos, chacais, ladrões de estrada!
Pois dessa mão avaramente adunca
Não haverão de arrancar a luz sagrada!

Aves da noite! Asas do horror! Voejai!
Que a luz trêmula e triste como um ai,
A luz de um morto não se apaga nunca!

Rua dos Cataventos, Mario Quintana.

À Patrícia, à Fernanda e a todas as mulheres,
na esperança de que o futuro
lhes reserve um mundo mais justo.

Agradeço ao grande escritor Alcy de Vargas Cheuiche, mestre de todos nós, à Ana Helena Rilho e a todos os colegas de oficina literária, especialmente aos amigos Harold Hoppe e Rodrigo Valdez de Oliveira, cuja contribuição foi fundamental para que este livro fosse publicado.

Sumário

Uma aula de realismo mágico 11
1. O assassinato 13
2. O despertar 19
3. Conversa com o delegado 23
4. O interrogatório que não houve 29
5. O promotor e o padre 35
6. A morta anda pela rua 41
7. Doutor Datavênia e o juiz 47
8. A morta desafia o mundo 53
9. Maria e a decisão do Doutor Richert 59
10. Matou por amor 65
11. O festival 71
12. Enfim, o fim 77
Epílogo 83

Uma aula de realismo mágico

José Osmar Pumes abre seu livro muito bem acompanhado. Reunir Shakespeare, Sartre e Quintana num conjunto de epígrafes assinala sua linha de pensamento ao leitor. Basta, depois, seguir seus passos.

Ou melhor, seguir os passos de Maria, que representa todas as mulheres espancadas e mortas por homens covardes que, submetidos a antigas leis elaboradas por outros homens, muitas vezes permanecem impunes.

Maria recusa-se a ser enterrada até que o marido que amava, e lhe deu dezesseis facadas, seja punido pela Justiça.

E é na narrativa desse ritual incrível que o escritor mostra todo seu talento. Maria, precedida pelo advogado do assassino, percorre sua *via crucis* pela delegacia de polícia, promotoria pública, prédio do fórum, recebida ou não por profissionais convictos de que representam a lei e a justiça. A narrativa escancara a fragilidade de um mecanismo ultrapassado que se recusa até em manter preso preventivamente o assassino confesso, enquanto sua vítima deva, para sempre, ser enterrada. E Maria aprende, junto com o leitor, a grande lição: *Morta ou viva, ela precisa obedecer às regras.*

Mais eu não digo para não quebrar o encanto desta obra digna dos mestres do realismo mágico, desde Gogol até Garcia Márquez.

Porém, como professor de oficina literária e colega do escritor José Osmar Pumes, afirmo que raramente a nossa sociedade foi apresentada na sua verdadeira nudez em decomposição. O que exigirá muito de nós, homens e mulheres, para sua completa ressurreição dos mortos.

Alcy Cheuiche
Porto Alegre – Outono de 2024

1. O assassinato

Maria morreu pela primeira vez em um entardecer de abril, destes de temperatura amena e luminosidade tênue. Atingida por dezesseis facadas quando caminhava pela calçada da rua mais movimentada do bairro. Não chegou a ver o fim daquele dia de outono. Foi mais uma mulher assassinada pelo ex-companheiro inconformado com a separação, profundamente ferido no amor-próprio e decidido a evitar por todos os meios que outro tomasse posse do que ele considerava seu.

Seria apenas outra das tantas pequenas tragédias que há muito tempo se repetem em nosso meio. E que, se nos causam um sentimento sincero de comiseração e repúdio, logo caem no esquecimento.

São substituídas pelo mais recente objeto de atenção da mídia, seja um desastre natural, um atentado a bomba do outro lado do planeta ou o resultado da rodada de futebol do final de semana.

Casos como este, logo que acontecem, ocupam algum espaço nas crônicas policiais, com o tamanho e a duração diretamente proporcionais à importância que a sociedade atribui às pessoas envolvidas. Se o homicida ou a vítima for alguém de certa projeção, a imprensa acompanha o desenrolar das investigações e os percalços do processo judicial, enquanto a notícia possui algum apelo. Mas dificilmente isso se prolonga muito. Em geral, depois de algum tempo, as reviravoltas do caso vão sendo noticiadas apenas de passagem na televisão e em pequenas notas nos jornais impressos ou na *internet*. Até que a eventual condenação do assassino, quando acontece, venha a merecer, com muito boa vontade, uma simples referência em algum pé de página.

Desta vez foi diferente. Após o assassinato de Maria, ocorreu um fato completamente inusitado, que causou imenso assombro, cuja lembrança, muitos anos depois, ainda produzirá, em todos aqueles que se envolveram na investigação e no processo judicial, no mínimo uma espécie de desassossego.

Maria nasceu pobre, filha única de uma dona de casa e um motorista de táxi. Cresceu na periferia da cidade, sem entender como a mãe conseguia equilibrar o orçamento doméstico. Viviam dos parcos recursos que o pai trazia para casa e das faxinas ocasionais, feitas quase de graça para as vizinhas, tão miseráveis quanto ela. O pouco que tinham mal dava para a comida, apesar de que a cachaça para o chefe da família não podia faltar. Normalmente ele chegava da rua já bêbado, mas mantinha sempre uma garrafa na geladeira velha, dividindo espaço com uma lata de salsichas já aberta e o limão para a caipirinha.

Maria nem se lembrava de como tudo começara. Tinha uma vaga recordação de momentos felizes da infância, quando esperava ansiosamente a chegada do pai ao final do dia. Ele sempre trazia um presente para ela, uma lembrancinha que fosse, um pirulito, um punhado de balas, uma bonequinha de pano. Há muito, porém, que a situação passara de difícil a quase insustentável. Logo em seguida ao aumento na frequência e intensidade das bebedeiras, o pai foi tomado por um ciúme doentio, que o levou a proibir a mulher de trabalhar e até de sair sozinha. Passou também a espancá-la, o que fazia ainda com mais afinco se algum vizinho, ouvindo o choro da infeliz ou o barulho do cinto atingindo ritmadamente o corpo magro, gritava-lhe que parasse com aquilo.

Por sorte, a mãe de Maria conseguiu a liberdade de uma forma inesperada. O marido, pelo comportamento que mantinha e pela ausência de cuidados médicos, viu-se de súbito gravemente enfermo. Sem forças nem para andar, foi levado à emergência de um hospital público, onde diagnosticaram câncer de intestino já em fase avançada. Transferido para a UTI, durou somente mais duas semanas. Maria tinha, então, vinte e um anos de idade, e há pouco saíra de casa.

O pai precisou morrer para a mãe livrar-se do seu jugo. Testemunha disso, Maria, que também se casou cedo, logo com o primeiro namorado, decidiu não se submeter jamais a uma situação semelhante, muito menos suportar qualquer tipo de agressão. Depois de pouco mais de um ano de convívio do jovem casal, período em que viveram como em constante lua de mel, o destino trágico que lhe estava reservado se revelou. O marido, sem conseguir emprego fixo, começou a passar os dias pelos bares. Voltava para casa tarde e cheirando a álcool. Assim que ela reclamou, levou uma surra que a deixou de olhos roxos.

Conforme Maria prometera a si mesma, essa foi a primeira e a última vez que foi agredida. No outro dia, cedo, quando o companheiro, passada a bebedeira da noite anterior, acordou, tomou um café preto e saiu com a desculpa de sempre, de que iria *procurar trabalho*, ela não teve dúvidas: juntou suas coisas e voltou para a casa da mãe. Na porta da geladeira, deixou um bilhete: *Estou indo embora. É definitivo. Por favor, não me procure mais.*

Mas ele procurou. Insistiu. Deixou recados. Pediu para amigos intercederem. Tudo em vão. Então se convenceu, mesmo sem nenhuma evidência disso, que ela só podia ter encontrado outro homem. E arquitetou sua vingança. Começou a rondar a casa da ex-sogra aguardando o momento certo para a abordagem. Esperou por muitos dias, até uma tarde em que viu Maria chegando sozinha, distraída, a bolsa no ombro, na mão direita uma sacola com pães quentinhos, recém-comprados na padaria próxima.

Saltou à frente da mulher empunhando a faca com que desferiu as estocadas mortais. Golpeou-a repetidamente, ensandecido, ao mesmo tempo que gritava palavras incompreensíveis, sem que ela pudesse esboçar qualquer reação.

Depois fugiu correndo, deixando o corpo de Maria caído ao longo do meio-fio, os pãezinhos espalhados pelo chão, encharcados de sangue.

2. O despertar

É como se o som viesse de longe. Sente-se no fundo de um poço, a muitos metros da superfície, onde as conversas chegam entrecortadas, variando de volume e nitidez, ao sabor dos ventos.

Aos poucos recobra a consciência. O mundo ao seu redor começa a fazer sentido, e as vozes vão se aglutinando, criando fonemas inteligíveis, depois palavras e, afinal, frases completas. Percebe que é dela que falam:

– Coitadinha, tão jovem. A vida inteira pela frente.

– Ninguém merece um fim desses.

– E o assassino? O que aconteceu com ele?

— O ex-marido? Dizem que fugiu para evitar o flagrante e não ser preso. Vai se apresentar hoje à tarde na delegacia com o advogado. Deve responder ao processo em liberdade.

— Responder em liberdade? Como pode? Um crime bárbaro desses!

Maria abre os olhos devagar. A luz fraca das velas deixa o ambiente na penumbra. Há dois ou três vultos soturnos à sua volta. Faz um esforço para se mexer. Sente o corpo pesado. Ou talvez seja fraqueza. Num embalo consegue sentar-se. Ouve gritos de pavor e passos em disparada.

Então se dá conta. Está morta. A cena do ataque que sofrera passa por sua mente como um turbilhão, num curto-circuito neuronal em que todas as células do seu corpo parecem participar de um transe hipnótico. Milhões de imagens desencontradas se sucedem vertiginosamente e cessam de forma abrupta. Neste momento, destaca-se o forte cheiro das velas queimando, misturado com o perfume das flores espalhadas pelos cantos da pequena capela mortuária. Vencida pelo cansaço, deita-se novamente e adormece.

Quando acorda, a capela está vazia. Abandona o caixão e dirige-se lentamente para a saída, sem entender o que está acontecendo. Só sabe que foi assassinada e que o responsável por isso está livre. *Fugiu para evitar o flagrante. Deve responder ao processo em liberdade.* A raiva que a domina serve de combustível ao corpo sem vida, e o eco daquelas palavras guia seus passos. Quando dá por si, está na frente da delegacia de polícia.

A notícia já correu a cidade. Uma morta levantou-se do caixão e saiu andando. Horror dos horrores. Será o fim do mundo?! Muitos não acreditam, mas outros imaginam o apocalipse e tratam de reconciliar-se com seu deus; formam-se grupos de oração pela alma da moça, para que ela encontre a paz, e a vida de todos possa voltar ao normal.

Enquanto isso, o delegado Carmelo, titular da Delegacia de Homicídios, cumpre o expediente na repartição, alheio a qualquer coisa que não seja consequência jurídica dos atos humanos *conforme expressamente previsto em lei*. Conhecido amante da burocracia e zeloso cumpridor das mais minuciosas regras cartorárias, prepara-se para tomar o depoimento do criminoso. Por meio de seu advogado, ele se comprometeu a comparecer de forma espontânea para dar sua versão dos fatos.

É quando entra o escrivão, esbaforido e aterrorizado.

– Delegado, a moça está aí na frente e disse que quer falar com o senhor.

– Para de tremer, homem. Qual moça? Estou ocupado.

– A morta, doutor. Essa aí do inquérito que o senhor está analisando.

3. Conversa com o delegado

Alcebíades Carmelo é formalista ao extremo. Sempre demonstrou um apego exagerado aos manuais, aos regramentos estritos e à *letra fria da lei*. Sua personalidade foi forjada no positivismo. Filho de militar e muito ligado ao pai, cresceu frequentando a caserna e aprendeu a admirar a ordem e a disciplina. Quando teve contato com a obra de Augusto Comte, naturalmente se deixou guiar pelas ideias do fundador da *religião da humanidade,* em que não há espaço para o sobrenatural. É tanta a sua devoção ao pensador francês que deu o nome dele a todos os seus filhos. Foi assim que nasceram César Augusto,

Jorge Augusto, José Augusto e a caçula, a sua preferida, Maria Augusta.

Também é um policial experiente. Viu muita coisa na sua longa vida profissional. Só na Delegacia de Homicídios, já se vão quinze anos, dos vinte e cinco que tem de polícia. Achava que nada mais o surpreenderia. Quando o escrivão chega com aquela notícia, reage com desdém. Que história é essa de morta que saiu da tumba e quer conversar com o delegado? Só pode ser trote. Olha longamente para o subordinado, que apresenta, ele sim, uma palidez cadavérica.

– Não fala bobagem, rapaz. Não tenho tempo para brincadeiras. Preciso preparar o interrogatório desse caso de assassinato.

– Doutor, eu não estou brincando. Sei que é difícil de acreditar. Eu mesmo não acreditei, apesar de que já tinha ouvido no rádio. Mas é ela mesma, aquela moça que até ontem estava aí no departamento médico legal, toda aberta pelo legista, e que, depois do exame, foi costurada como uma bota velha, só pra fechar a carcaça... Cheira a formol, doutor. Ainda bem, porque daqui a pouco vai começar a feder como carniça, Deus o livre.

Carmelo é sério, mas tolerante com os seus. Sabe tratar bem os funcionários. Quando vê que o escrivão está convicto desta loucura, e considerando que ainda falta um par de horas até o momento do interrogatório, ordena:

– Manda entrar, que eu vou ouvir o que ela tem a dizer.

Maria entra na sala do delegado com passos arrastados, um tanto trôpega, como se estivesse embriagada. A rigidez que se apossou de seu corpo não lhe permite caminhar normalmente. As articulações não funcionam bem. Fica parada a dois passos da mesa da autoridade.

Carmelo tira os olhos dos papéis e a encara. Entra em choque. É ela mesma. O rosto sem vida não permite enganos. Os olhos opacos destacam-se no fundo das órbitas, imóveis, sustentando o seu olhar.

– *Venho dizer que me recuso a aceitar minha condição de não vivente enquanto o assassino não pagar por seus crimes. Não quero vingança. Não busco violência. Quero apenas que a justiça se encarregue dele. E que apodreça atrás das grades enquanto eu apodreço embaixo da terra.*

A voz parece sair do fundo de um túmulo. Cada palavra ressoa grave e monocórdica contra o peito do Delegado Carmelo. Demora um tempo indefinido até que ele possa se recompor. Esquecido de Comte e do positivismo, buscando forças no seu íntimo, com pedidos silenciosos de misericórdia a Jesus, Buda e Maomé, tudo ao mesmo tempo, pode enfim dirigir a palavra à mulher:

– Tu és mesmo a Maria, que foi morta a facadas pelo ex-marido? Não consigo acreditar. Como isso pode estar acontecendo? É um sonho? Um pesadelo? Como faço para que isso acabe?

– *Delegado, sou eu mesma. Não é um sonho. Não tenho como responder às suas outras perguntas. Acordei antes de ser enterrada e pelo que vejo estou bem morta. Então a sua obrigação é prender quem me matou.*

Desconfiando da própria sanidade mental, mas sem forças para retroceder, o delegado dá prosseguimento ao colóquio insólito. Como o cheiro forte da mulher o incomoda, ele saca o lenço do bolso do paletó e cobre o nariz antes de continuar, ansioso por se livrar daquela presença indesejável. Socorre-se do *juridiquês*.

– Veja bem, vou tentar explicar, embora eu ache tudo isso irracional. O rapaz não foi preso em flagrante. Logo, só posso prendê-lo por ordem do juiz, se for decretada a prisão preventiva. Não depende de mim. Daqui a pouco vou ouvir a versão dele sobre o que aconteceu. Em seguida vou relatar o inquérito, já que o fato é certo e o autor está identificado. Ainda hoje termino meu trabalho e mando os autos para o fórum. A partir daí, quem vai cuidar do assunto é o Ministério Público.

– ...

– De mais a mais, teu ex-marido tem residência fixa e não possui antecedentes criminais. Além disso, o advogado dele, quando veio combinar a apresentação espontânea, trouxe a carta de uma empresa com oferta de emprego. Entendo a tua indignação, mas não creio que haja motivo para que ele seja preso antes de ser condenado.

Maria ouve tudo em silêncio. Quando fala, apenas seus lábios se movem.

– *Não entendo nada disso e não me importa essa conversa. Fui assassinada e quero justiça.*

O delegado respira fundo embaixo do lenço.

– Lamento não poder ajudar. Fico sensibilizado, inclusive tu tens o mesmo nome da minha filha, e eu não permitiria que nada de ruim acontecesse a ela. Mas esse é o sistema que nós temos e, bem ou mal, é assim que ele funciona.

Sem dizer mais nenhuma palavra, Maria vira-lhe as costas e sai como havia entrado, deixando à sua passagem um odor de câmara mortuária. Atravessa a rua e posta-se, imóvel, em frente ao prédio.

Enquanto isso, Carmelo corre ao banheiro para vomitar.

4. O interrogatório que não houve

Às quinze para as duas da tarde, o *fusquinha* amarelo-ovo estaciona em frente à delegacia. Ao volante está o advogado, de terno preto, camisa e gravata na mesma cor, trazendo seu cliente para o interrogatório.

Magro, alto, os longos cabelos começando a ficar grisalhos, Miquelângelo Alípio, mais conhecido como *Doutor Datavênia*, é famoso entre os policiais e os servidores da justiça. Menos pela excelência de sua atuação nas causas que patrocina, e mais pela forma como se apresenta e pelo seu comportamento excêntrico. O apelido deve-se ao fato de não iniciar uma conversa com ninguém, trate-se de juiz, promotor, delegado ou frentista de posto de gasolina, sem incluir no começo da frase a famosa locução do direito romano, pela qual se apaixonou no primeiro ano da faculdade. Não tem grandes pretensões materiais, mas alimenta o desejo de um dia ser nomeado desembargador como representante da classe dos advogados; por isso costuma assumir as causas que nenhum outro profissional aceita, na esperança de ganhar alguma projeção. Nessas condições, caiu-lhe no colo a defesa do assassino de Maria.

Desce do veículo, distraído, e faz a volta para abrir pelo lado de fora a porta do carona, que tem um defeito na maçaneta. Estava assim quando o comprou, muito barato, em um leilão da Receita Federal, e o conserto ele nunca se preocupou em providenciar. Quando fica em pé, a ponta da gravata posiciona-se grotescamente bem abaixo da linha da cintura. Os ombros do paletó, cobertos de caspa, destoam do tom negro do resto da vestimenta.

O passageiro do ilustre causídico, assim que pisa na calçada, espreguiça-se para aliviar as articulações, maltratadas pelo tempo em que seu corpo ficou espremido na cabine minúscula do *fusquinha*.

É nesse momento que vê a figura da mulher postada do outro lado da rua. O choque é tão grande que ele não resiste e desmaia.

Quando retoma os sentidos, estão na sala do delegado. Ainda meio zonzo, ouve o advogado dirigir a palavra à autoridade:

– *Data venia*, ilustre delegado, creio que este caso não pode continuar, não nestas condições. Acabamos de ver a pretensa vítima justo ali do lado de fora. Portanto, está claro que não houve homicídio, mas no máximo uma tentativa.

O delegado dirige-lhe um olhar entre compreensivo e zombeteiro.

– Doutor, o senhor chegou a falar com ela?

– *Data venia*, delegado, não falei. Apenas a vi. Meu cliente teve um colapso, como o senhor notou, e não tive tempo para mais nada. Mas é ela mesma, e está viva, não é?

O homem ao seu lado continua mudo, lívido e trêmulo. Depois de contemplá-lo, o delegado tenta explicar:

– Bem, não sei nem como dizer. O fato é que viva ela não está. Temos o atestado de óbito, o laudo da necropsia e, como se não bastasse, o testemunho dos policiais que a viram no instituto médico legal. Além disso, se o senhor se aproximar não terá dúvidas, pelo aspecto e pelo cheiro. O que tem a dizer o seu cliente?

O cliente não consegue balbuciar uma palavra. Prossegue em estado quase catatônico. O advogado insiste:

– *Data venia*, a moça que estaria morta não morreu, é fácil perceber. E meu constituinte usará o direito constitucional ao silêncio. Não haverá interrogatório.

– Pois lhe digo que a moça está morta, sim. E considerando sua declaração, vou dar o inquérito por encerrado e encaminhá-lo ao Ministério Público. E o senhor que se entenda com o promotor.

– *Data venia*, presumo que constará do relatório meu protesto de que não há vítima do crime que afirmam que meu cliente cometeu.

– Pois presume errado, doutor. Esta situação está estranha demais, mas eu mesmo já tive contato com a morta, e não foi nada agradável. Porém, garanto que continuo não acreditando no que meus sentidos me fizeram perceber, e nada constará no inquérito sobre semelhante anomalia. Melhor que façamos de conta que isso não está acontecendo.

Finalizando a conversa, o delegado acrescenta, com ares de profunda sabedoria:

– O que não está nos autos, não está no mundo.

O Doutor Datavênia nunca gostou de contrariar ninguém. E de nada adiantaria discutir com o delegado, que nitidamente não está bem da cabeça. Ora, teríamos um zumbi andando pelas ruas? Que coisa mais bizarra! Bem, melhor deixarmos para requerer ao juiz o trancamento do inquérito e, se não tivermos êxito, entrarmos logo com um *habeas corpus* no tribunal. Deixemos Doutor Carmelo com seus delírios. E esse moço que perdeu a fala? Que mundo estranho...

Despede-se fazendo salamaleques, como é de seu feitio. Puxa pelo braço o cliente ainda atordoado e sai rapidamente do local. Não sem antes sacar do bolso um punhado de balas de café e deixar sobre o balcão da delegacia, com a advertência aos funcionários: *Data venia,* é para que não me queiram mal!

Concluída a breve audiência, o delegado faz um rápido relatório conclusivo e, em poucos minutos, seu trabalho está terminado. Chama o escrivão e dá ordens para os encaminhamentos de praxe. Após, joga-se para trás na cadeira e solta um suspiro de alívio.

Enquanto a viatura da polícia se desloca até a sede do Ministério Público, levando os autos do inquérito, Maria segue a pé, lentamente, na mesma direção.

5. O promotor e o padre

Um pequeno grupo de beatas está reunido em frente ao prédio do Ministério Público. Foram chamadas pelo promotor, Doutor Ignácio Dias, católico fervoroso. Algumas agitam crucifixos e aspergem água benta na direção da mulher que chegou há pouco e ficou parada na calçada em frente, como que integrada à paisagem. Outras têm terços nas mãos ou seguram velas e rezam sem parar.

O promotor possui uma personalidade bastante peculiar. Sua figura é facilmente notada quando ele percorre as ruas do centro da cidade, ao passo lento das costumeiras caminhadas matinais. No pescoço traz uma cruz enorme, de madeira maciça, pesada ao ponto de forçar-lhe a cervical. Anda curvado, como se estivesse prestes a juntar do chão algo que só ele vê.

Nem sempre foi crente. Até pouco tempo levava vida boêmia, varando as noites em farras que não tinham hora para acabar. Porém, numa certa manhã chuvosa de domingo, voltando de uma festa à fantasia, bateu o carro violentamente contra um poste. Os dois rapazes que o acompanhavam perderam a vida no acidente. Com ele, como por milagre, nada aconteceu, a não ser a imediata cura da bebedeira.

Foi o que bastou para a sua conversão. Julgando-se poupado pelo Criador e acreditando ter sido destinado a cumprir uma missão terrena da maior importância, passou a pregar o catecismo onde quer que esteja. Até mesmo, e principalmente, no serviço da promotoria. Aproveitando-se de sua ascendência hierárquica, convoca os servidores para a oração diária ao final do expediente, e não admite escusas. Vai à missa todos os domingos, contribui com o dízimo para a manutenção da paróquia, e sempre, depois da celebração, convida o padre para almoçar em sua casa.

Tornou-se íntimo do sacerdote, com quem divide as preocupações sobre o futuro da humanidade. Na sua opinião, falta Deus no coração e sobra inconsequência aos jovens de hoje, presas fáceis para essa *doutrinação comunista* que contamina a sociedade e está acabando com as famílias.

Quando lhe chega aos ouvidos a notícia da morta-viva que perambula pelas ruas, Ignácio nem questiona. Só pode ser verdade. Mais: é, sem dúvida, um castigo divino. Intensifica as orações e, ao saber que o inquérito está chegando para sua análise e que a defunta vem no encalço dos autos, faz saber aos outros fiéis da igreja que devem comparecer para esconjurar a assombração. Fala expressamente:

– Mantenham essa alma penada afastada daqui, a qualquer preço!

Enquanto do lado de fora a ladainha não tem fim, no interior do prédio o promotor mantém-se trancado no gabinete, também rezando. Pede perdão a Deus pelos pecados cometidos, na certeza de que chegou o apocalipse. Seu estado de aflição é tão intenso que não consegue ler além da capa do inquérito à sua frente. Angustiado e sem saber que decisão tomar, conclui que precisa falar com Padre Bento. O amigo, homem de Deus, decerto terá uma palavra de conforto e orientação espiritual para ele.

Driblando a pequena aglomeração a que deu causa, chama o motorista e sai escondido. Pega o elevador até a garagem e abaixa-se no banco traseiro do carro oficial, que parte em disparada.

O padre, que não se reuniu aos fiéis para o exorcismo, com a desculpa de que tem negócios urgentes da paróquia para resolver, ouve atento as lamúrias do promotor e garante compartilhar de suas impressões sobre os últimos acontecimentos. De fato, está chegando o fim do mundo. Mas, se for a vontade de Deus, só nos resta a resignação. Perseveremos na fé e nenhum mal nos alcançará!

– Mas o que faço, Padre? Peço ou não a prisão do criminoso? Parece que só quando ele estiver preso esse pesadelo vai acabar. Mas não posso deixar que pensem que estou me dobrando a essa chantagem demoníaca.

Padre Bento fecha os olhos e medita por um instante. Em seguida, solta um suspiro e fala com voz serena:

– Escuta a tua consciência e cumpre o teu dever, meu filho. *A César o que é de César...*

No caminho de volta para a promotoria, Ignácio sente a lhe ressoar na cabeça o que acredita ser uma maldição. Os versos de Drummond, que seu antigo professor de literatura do segundo grau, ateu convicto e debochado, costumava declamar em sala de aula:

O vigário decreta a lei do domingo
válida por toda a semana:
– Dai a César o que é de César.
Zé Xanela afundando no banco
vem à tona d'água
ardente
e acrescenta o parágrafo:
– Se não encontrar César,
pode dar a Sá Cota Borges
que é mãe dele.

Tentando afastar a lembrança blasfema, reza rapidamente um pai-nosso. Entra na sala apressado e chama o assessor.

– Aquela denúncia tem que sair ainda hoje. Homicídio qualificado. Feminicídio e diversas outras qualificadoras. Vê aí. E prepara também um pedido de prisão preventiva.

– Qual o fundamento, Doutor?

– Garantia da ordem pública. Enquanto o autor desse crime não estiver preso, esta cidade não vai sossegar. O povo está apavorado. Cabe a nós promover a pacificação dos conflitos. Essa é a função do Direito. Que Deus nos proteja!

E faz o sinal da cruz.

6. A morta anda pela rua

Como de costume, àquela hora da tarde, o trânsito está um inferno. Por todos os lados soam buzinas e ouvem-se xingamentos de motoristas impacientes com o para-e-arranca que parece não ter fim. A curta viagem entre a delegacia e a sede do Ministério Público é um flagelo imposto ao pobre funcionário incumbido de transportar os autos do inquérito.

No seu passo vagaroso e meio cambaleante, Maria ultrapassa diversas vezes a viatura policial trancada no congestionamento, como se estivesse participando de uma brincadeira de gato e rato em câmera lenta. A visão é assustadora. A face plúmbea e o odor que o corpo exala não deixam nenhuma dúvida de que se trata de um cadáver, por mais que isso pareça absurdo. Dentro e fora dos carros, pessoas passam mal. Crianças choram e gritam assustadas. A morta segue sua marcha, ignorando a comoção que provoca.

Apesar disso, o inquérito é afinal protocolado no Ministério Público para apreciação do promotor, que denunciará o assassino à justiça ou proporá o arquivamento da investigação. Esta última hipótese é totalmente descabida, tratando-se de tamanha atrocidade. Mas o advogado, Doutor Datavênia, irá negar peremptoriamente que tenha havido crime. Segundo ele, a alegada vítima está viva e pode ser vista caminhando pelas ruas.

Sem tomar conhecimento das discussões jurídicas a respeito do seu caso, Maria tem uma ideia fixa. Depois da conversa frustrada com o delegado, precisa falar com o promotor para dizer-lhe que seu assassino não pode ficar livre. Afinal, não está ela morta? Não foi vítima de um crime inominável, deixada a esvair-se em sangue à luz do dia, pelo único motivo de, após ter sido agredida, negar-se a manter o convívio com o agressor? Por alguma razão que lhe escapa, foi-lhe permitido retornar dos mortos para exigir que a justiça terrena se cumpra. E ela está decidida a isso, permanecendo no mundo o tempo que for necessário, enquanto suas carnes se desfazem.

Maria chega à Promotoria de Justiça poucos minutos depois que o inquérito foi entregue, e encontra um grupo de pessoas que a espera em atitude hostil. Na maioria mulheres, formam um cordão de isolamento, impedindo o acesso ao prédio, e dirigem-se a ela como se estivessem esconjurando a encarnação do mal. Gritos de *vade retro* e de *xô Satanás* se misturam a súplicas de *perdoai-nos, Senhor*. Não consegue se aproximar. Atravessa a rua e fica imóvel, como está se habituando a fazer.

Ela tem convicção de que a causa que defende é justa, e não entende a rejeição. Em sua curta vida nunca fez mal a ninguém. No entanto, foi brutalmente assassinada. O responsável por seu triste fim não deveria ser logo preso? Que justiça é essa que permite aos assassinos desfrutarem da liberdade, enquanto suas vítimas estão condenadas a permanecer eternamente presas sob a terra ou em uma gaveta de cemitério?

Maria não sabe, mas sua mãe também não pertence mais ao mundo dos vivos. No dia do assassinato, ao ver a única filha sem vida, imersa em uma poça de sangue, a pobre mulher sofreu um ataque cardíaco fulminante. A família inteira se acabou ali, mãe e filha, ambas vítimas da mesma tragédia. Uma tombou pela faca do agressor; a outra, pela cena terrível que ele deixou para trás ao fugir do local do crime.

Depois que os ânimos se arrefecem, permanece apenas um som surdo e contínuo de oração. O grupo, porém, continua cercando o prédio. Do seu ponto de observação, Maria vê o carro preto que sai rapidamente pelos fundos, com um vulto abaixado no banco traseiro. Cerca de meia hora mais tarde, o carro retorna. Passados alguns instantes, aparece um homem estranho, de terno e gravata, curvado, com uma cruz no pescoço. Ele se dirige à pequena multidão com palavras que parecem ser de esclarecimentos ou de prestação de contas. Em seguida, o grupo começa a se dispersar.

O homem, então, entra novamente no prédio. Antes de fechar a porta, vira-se e fala alto, olhando na direção dela:

– Pedirei a prisão. A decisão caberá ao juiz.

E ordena:

– Volte para a tumba.

Benze-se três vezes e beija a cruz demoradamente.

Maria fica mais um tempo por ali, até que todas as luzes se apaguem. Depois, começa novo deslocamento, desta vez até o fórum da comarca.

Se quem vai decidir é o juiz, ela precisa falar com ele.

7. Doutor Datavênia e o juiz

– Doutor, o advogado está aguardando.
– Mas são quinze para as dez, ainda.
– O senhor sabe que o Doutor Datavênia é conhecido por chegar religiosamente quinze minutos antes do horário marcado, em todos os compromissos, *né*? Já deve ter distribuído suas costumeiras balinhas de café para todos os servidores do cartório.
– É verdade. Manda entrar. Vou despachar logo esse chato.

A figura do Doutor Datavênia assoma à porta do gabinete do juiz, a cabeça espichada sobre os ombros do funcionário, o olhar reverencial.

— Entre, Doutor Alípio. Fique à vontade. Quer um cafezinho?

— *Data venia*, Excelência, agradeço, pois a úlcera não me permite. Engano o vício com estas balas que trago sempre comigo. Aceita uma, Excelência?

— Não, obrigado, vamos ao que interessa. Imagino que a sua visita se deva ao caso de feminicídio. Soube que o senhor representa o imputado.

— *Data venia*, de fato. E não houve crime, Excelência. Provavelmente ocorreu um equívoco. Alguém, em algum momento, trocou os documentos deste inquérito. A moça que dizem que meu cliente matou está aí na frente. Agora mesmo a vi.

— Pois essa aí está morta, Doutor Alípio. Chegue perto pra ver. Mas me responda uma pergunta: seu cliente, o que diz disso?

— *Data venia*, não diz nada. O rapaz sofreu um desmaio quando chegamos à delegacia. Viu a ex-mulher e teve um abalo. Quando acordou estava mudo e assim continua.

— Pois então, compreendo que ele esteja chocado, como chocados estamos todos. A morta anda por aí. Tentou falar comigo hoje, inclusive.

— *Data venia*! Vossa Excelência a atendeu?

— De jeito nenhum, Doutor Alípio. O senhor me conhece e sabe que eu só recebo as partes com hora marcada e acompanhadas dos respectivos advogados. Morta ou viva, ela precisa obedecer às regras.

Juiz da Vara do Júri da comarca, o Doutor Wagner Richter é bastante respeitado por sua sólida formação acadêmica. Oriundo de família tradicional de juristas (avô desembargador, pai e tios advogados de renome), logo depois de tomar posse conseguiu autorização do Conselho da Magistratura para estudar na Alemanha, onde fez doutorado. Voltou ao país de Goethe várias vezes para cursos e palestras, e o visita sempre que pode. Tem muito orgulho de suas raízes germânicas.

No trabalho diário, o magistrado não deixa passar nenhuma oportunidade de demonstrar erudição. Suas sentenças são ricamente fundamentadas, com várias citações de doutrina e jurisprudência. Sempre dá um jeito de transcrever algum julgado do Tribunal Constitucional Alemão, mesmo que a ocasião não o exija. Num simples caso de morte do réu, em que o arquivamento do processo poderia ser determinado em um despacho de duas linhas, ele nem cogita produzir menos de dez páginas de arrazoado jurídico.

Nesta manhã, quando chegou ao fórum, cedo como de costume, havia um rebuliço em frente ao prédio. Ao se aproximar para entender o porquê da confusão, quase teve um infarto. Uma mulher de olhar parado, a tez cadavérica, com fedor de coisa morta, insistia em falar com o juiz (ele próprio, no caso) e a custo era contida pelos seguranças nitidamente nauseados.

Então, é verdade. Há uma defunta vagando pelas ruas. Justamente a vítima do crime investigado no inquérito que ele recebeu no final da tarde anterior, com a denúncia e o pedido de prisão preventiva apresentados pelo promotor. Todos os veículos de imprensa estão tratando disso, com mais ou menos sensacionalismo, conforme a linha editorial. Pensa: ou estamos vivendo uma ilusão coletiva, ou algo muito estranho está acontecendo.

Dá ordem expressa para só deixarem entrar advogados, e se tranca no gabinete.

— Doutor Alípio, sua argumentação não me convence. Consta dos autos o necessário para darmos início ao processo. A denúncia narra bem os fatos, há prova do crime e são apontados indícios suficientes da autoria. O exame de corpo de delito foi devidamente realizado. O laudo de necropsia foi juntado. E ninguém, além do senhor, afirma que a morta está viva. Além do mais, já proferi minha decisão recebendo a denúncia e indeferindo o pedido de prisão preventiva, o que me parece deva ser do seu agrado. A propósito, fique com uma cópia.

O juiz abre a gaveta e apanha um calhamaço de cerca de trinta páginas, que alcança ao advogado.

– *Data venia*, Excelência, de fato fico em parte satisfeito, considerando que não estão presentes os requisitos para a preventiva. Quanto ao mais, apresentarei meus argumentos por escrito para sua apreciação.

– Faça isso, doutor... Por aqui, lhe acompanho.

E conduz o outro até a saída.

Ao despedir-se, o magistrado olha para os flocos brancos espalhados pelos ombros do paletó negro do causídico, e não se contém. Como sempre acontece quando faz um gracejo, o forte sotaque alemão da colônia se intensifica:

– *Doutorr* Alípio, *o senhorr xoga* xadrez?

– *Data venia*, conheço, mas não pratico a nobre arte de Caíssa, Excelência. Mas por que a pergunta?

– Por nada, é que me veio à cabeça *agorra*. Deve ser porque estou lendo um livro do *Kasparrov*.

Os funcionários mal disfarçam o riso, enquanto o Doutor Datavênia, sem entender, vai se retirando devagar, fazendo mesuras.

8. A morta desafia o mundo

Maria passou a noite em frente ao fórum. Ao chegar, o prédio estava praticamente vazio. No interior da guarita, localizada ao lado do portão da garagem, de onde era possível enxergar toda a rua, um vigia acompanhava a transmissão de um jogo de futebol. O som da voz do narrador, variando continuamente de entonação, propagava-se em ondas, como num ritmo hipnótico.

Depois da partida, o vigia ouviu os costumeiros comentários e debates e, por um longo tempo, aquele zumbido monótono ressoou no espaço deserto. Por fim, acabada a jornada esportiva, o rádio continuou ligado. Maria podia distinguir as canções antigas reproduzidas no programa da madrugada, anunciadas por um apresentador de voz empostada e grave.

A lua cheia brilhava no céu. Por vezes se escondia atrás de alguma nuvem e logo ressurgia, resplandecente, lançando uma luz pálida sobre o mundo, deixando-o com uma aparência fantasmagórica. Ouvia-se, a intervalos, um ou outro pio de coruja e uivos distantes de cães atavicamente fascinados pelo astro noturno.

Quando os primeiros raios do sol ainda faziam força para romper a cerração do amanhecer, o movimento já recomeçara. Servidores chegavam sozinhos ou em pequenos grupos, e o edifício aos poucos se enchia de vida. A morta permanecia estática, observando tudo a certa distância. Ao perceber que, enfim, estava em curso o expediente do dia, dirigiu-se para a entrada, na esperança de ser recebida pelo juiz.

Não conseguiu entrar no prédio. Os quatro seguranças, ao verem aquela mulher com o cabelo desgrenhado, o aspecto de morta-viva e um cheiro forte que empestava tudo, acorreram para impedi-la. Maria tentou falar, mas eles, postados à sua frente, ignoraram suas palavras, permanecendo em pose marcial, ao mesmo tempo que faziam força para não vomitar.

Naquele momento apareceu um homem de cabelo ruivo, pele muito clara, trajando um terno azul-marinho bem cortado. Após observar a pequena confusão, tomado por uma vermelhidão repentina do pescoço e do rosto, o recém-chegado dirigiu-se aos funcionários dando ordens para que não permitissem a entrada de ninguém que não fosse advogado.

Os seguranças, tocados pela autoridade do comando, mantiveram-se impávidos bloqueando o acesso ao prédio. Maria, impotente, ficou do lado de fora, um pouco afastada, apenas observando.

Passado algum tempo, surgiu o *fusquinha* amarelo-ovo que ela já conhecia. Desceu dele o advogado, aquela figura vestida de preto dos pés à cabeça, que lhe dirigiu, de longe, um olhar interrogativo. Após uma breve interlocução com os seguranças, desapareceu no interior do fórum, onde deve ter ficado por cerca de uma hora.

Quando o advogado deixa o prédio, vem resoluto na direção de Maria.

O clima é outro. O sol, que saiu timidamente no começo da manhã, agora está escondido entre nuvens. O céu vai ficando mais escuro e carregado. De repente, começa a cair uma chuvinha fria, destas típicas de inverno, fraca, mas persistente.

O advogado aproxima-se usando o volume de um processo para proteger a cabeça, enquanto fala com Maria. Com a mão livre, tira do bolso do paletó um lenço preto e cobre imediatamente o nariz.

– *Data venia*, moça, tu és a mulher que dizem que está morta, não?

– *Sou, sim. O senhor é o advogado do assassino?*

– *Data venia*, não há assassino. Vejo que tu estás viva. Vou providenciar para que seja tomado teu depoimento, e isso tudo se esclarecerá.

Ao ouvir estas palavras, Maria experimenta algo estranho. Um sentimento de nojo, misturado com revolta, sobe-lhe das entranhas e a faz expelir um vômito negro aos pés do homem, que salta para trás, sem poder evitar que aquela coisa lhe respingue os sapatos. Na poça que se forma à sua frente, ele vê, horrorizado, vermes que se arrastam em todas as direções.

Para completar o quadro, não deixando dúvidas sobre a sua natureza, a morta ergue a blusa e exibe a grande incisão em forma de *ípsilon* que percorre todo o seu tronco, do pescoço ao púbis, mal costurada com uma linha grosseira, parecendo uma estranha cerca de arame farpado. A imprensa está presente no local, e já se forma um alvoroço. Equipes de rádio, jornal e televisão correm de um lado para outro em busca da melhor tomada e à cata de algum depoimento para enriquecer a narrativa que apresentarão ao público.

O momento é esplendidamente captado pelas lentes de um jovem fotógrafo, que verá seu trabalho, no dia seguinte, publicado na capa do principal jornal da cidade: a defunta mostrando a marca do exame necroscópico, o advogado com o lenço no nariz, o processo sobre a cabeça e os olhos esbugalhados, debaixo da chuva fina. Tudo isso sob a manchete: *A morta desafia o mundo.*

9. Maria e a decisão do Doutor Richert

Meu nome é Maria. Faz alguns dias que morri, ou melhor, fui morta. Surpreendida ao chegar em casa, fui esfaqueada na rua, sem chance de defesa. Nada fiz para merecer isso. Ou fiz: me recusei a continuar sendo espancada, como já tinha visto acontecer com minha mãe.

Não consigo entender por que ainda estou aqui. Os mortos não devem andar pela terra. Pelo que eu sei, isso nunca aconteceu antes, a não ser no caso de Nosso Senhor Jesus Cristo. Mas ele era o filho de Deus, e eu sou só uma pobre moça que tentou viver em paz, com o pouco que ganhou da vida. Até que a morte veio me encontrar pela mão de alguém que só tinha recebido de mim carinho e atenção.

Quando despertei, pouco antes de ser sepultada, foi como se acordasse de um pesadelo. Revivi meus últimos momentos, a violência que sofri. Senti de novo a vida me abandonando, a escuridão que me envolvia, o mundo ficando mais e mais distante. Foi como se estivesse olhando para a tela de um aparelho de tevê antigo, igual àquele que havia na casa da vovó. A gente desligava e a luzinha ia diminuindo de tamanho, até se apagar completamente. Eu era criança e não conseguia desviar o olhar.

Logo me dei conta da minha situação. Eu estava sendo velada. As pessoas se assustaram quando me viram levantar e sair caminhando. Nada mais natural. Eu também me assustaria.

Ouvi vozes comentando que o homem que me matou não ia ser preso. *Fugiu para evitar o flagrante. Vai responder ao processo em liberdade*, era o que diziam. Isso me causou mais espanto do que o fato de estar morta. Fui à delegacia, em busca de uma explicação. O delegado me disse que não podia fazer nada. Então, fui ao promotor. Ele não me recebeu, mas de longe gritou que ia pedir a prisão e que o juiz decidiria. Procurei o juiz. Não me deixaram entrar no fórum. Decidi ficar aqui mesmo, esperando.

Finalmente, parece que me notaram. Em frente ao prédio da justiça há vários repórteres, fotógrafos e cinegrafistas, e eles tentaram se aproximar de mim, mas recuaram. Têm nojo. Ninguém chega muito perto sem cobrir o nariz. O homem que vi entrando na delegacia com o meu matador, o advogado dele, veio falar comigo. Disse que eu estou viva e que tudo vai se esclarecer. Era só o que faltava. Além de não prenderem o assassino, ainda questionam minha morte. Quando ele falou aquilo, senti uma revolta muito grande. Não me controlei. Vomitei em cima dele. Depois ergui a blusa e mostrei meu corpo costurado depois de morta. Pelo jeito ele entendeu.

Em todos os lugares onde estive, as pessoas têm me evitado. Hoje mesmo fui cercada por seguranças, como se a minha presença fosse um risco. Reconheço que meu aspecto não é muito agradável. Uma morta-viva não tem como ser um exemplo de beleza. Pela reação que provoco, meu cheiro também não está bom. Minhas carnes já devem estar apodrecendo. Mas não cometi nenhum crime. Pelo contrário, fui vítima de um. E só quero ser ouvida.

Depois dessa última confusão com o advogado, chegou a polícia. Não sei quem chamou, nem o porquê. Afastaram os repórteres, isolaram o prédio, mantendo todo mundo longe. Fiquei sozinha, como sempre. Sendo observada à distância. Acho que me consideram um problema. Não sei o que pretendem fazer comigo, mas não vou sair daqui enquanto não tiver a resposta que procuro.

Neste dia, a imprensa divulga amplamente a decisão judicial que recebeu a denúncia oferecida pelo promotor, dando início ao processo, mas que indeferiu o pedido de prisão preventiva do réu. Em exatas trinta e duas páginas de texto impresso em fonte *Times New Roman* 12, com parágrafos formatados em espaço simples, o juiz atesta *a existência de prova do crime e de indícios suficientes de autoria, aptos a ensejar a abertura da ação penal*. Afirma, no entanto, que *o réu tem residência fixa e promessa de trabalho lícito, não possuindo antecedentes de qualquer natureza, com o que não se justifica o encarceramento preventivo postulado pelo órgão acusador.*

Como de costume, são citados diversos precedentes do Tribunal Constitucional Alemão, no original, com a tradução feita pelo próprio magistrado em notas de rodapé. O argumento de que o crime causou grande comoção, e de que a prisão do réu seria necessária para garantia da ordem pública, é afastado com a lembrança de que a Justiça é cega para não diferenciar as partes, mas não só; também é surda para não se deixar seduzir pelo canto das sereias. Afinal, declara solenemente o documento: *Se nos guiarmos pela opinião apaixonada do povo, estaremos sujeitos a condenar Cristo e absolver Barrabás!*

Encerrado em seu gabinete, após o expediente, o Doutor Wagner Richter, ao reler repetidas vezes o texto tão bem fundamentado, sente-se especialmente feliz com a referência bíblica. De si para si, fala baixinho, envaidecido: *Das ist perfekt! Das ist perfekt*, modéstia às favas! Quero só ver se o Tribunal vai ter coragem de modificar!

10. Matou por amor

O Doutor Datavênia ficou impressionado. Confrontado pela morta em frente ao prédio do fórum, ele se deu conta do ridículo de continuar negando o que todo mundo sabia. Não havia explicação possível, mas o fato é que a moça era uma morta-viva. Tinha sido assassinada, e por alguma razão incompreensível retornara, e andava assombrando as pessoas. A terrível visão do cadáver em pé à sua frente, cheirando mal e vomitando as entranhas podres aos pés dele, revelara uma verdade absoluta e avassaladora. Decidiu abandonar aquela tese, que nem chegara a defender no processo, de que não havia vítima, e se render às constatações dos sentidos.

Bem, pelo menos o réu, seu cliente, não estava preso. O próprio delegado aceitara a argumentação de que os requisitos para a prisão preventiva não estavam presentes. O promotor não concordara, mas com o Ministério Público ele não contava mesmo. Esses promotores estão sempre querendo colocar todo mundo na cadeia, vivem numa sanha punitivista sem limites. Ainda bem que o juiz era muito sério e criterioso. Aliás, que grande magistrado, o Doutor Richter! Não caiu nessa de que *a garantia da ordem pública reclama a prisão*. Essa história de crime infamante, de comoção social causada pelo bárbaro assassinato, é conversa de quem não liga para as garantias fundamentais dos acusados. Todos têm direito a um processo justo, e uma pessoa que nunca antes errou na vida não pode ser enviada para o cárcere sem condenação definitiva. Isso seria uma violência inaceitável contra o sistema jurídico. Não podemos esquecer que *ninguém será considerado culpado sem o trânsito em julgado da sentença penal condenatória*, como diz sabiamente nossa Constituição.

E mais: essa moça não deveria estar aqui. Não vê o quanto constrange a nós, *simples operadores do Direito,* que nada fizemos contra ela? O que aconteceu foi uma fatalidade. O rapaz perdeu a cabeça e cometeu uma loucura, foi isso. Está sofrendo também. Quem nunca praticou algum desatino que atire a primeira pedra! Agora cuidemos da defesa dele no processo. Vamos demonstrar que nada foi premeditado. Crimes passionais são assim. A pessoa perde a razão e acaba fazendo o que não pretendia. Essas circunstâncias precisam ser consideradas. O homem é um ser complexo, e as convenções da sociedade muitas vezes o obrigam a agir contra as suas próprias convicções, para dar uma resposta que lhe é exigida e da qual ele não se pode furtar.

O promotor, Doutor Ignácio Dias, assim que teve ciência da decisão do juiz, preparou um recurso ao Tribunal insistindo em que o réu devia ser preso. Não podia deixar aquela questão morrer assim. Já era assombrado pela vítima do feminicídio, não ia agora ser assombrado também pelo processo. Rebateu um a um os argumentos do magistrado contra a prisão preventiva e, dando por encerrada sua participação, encaminhou os autos ao judiciário e retirou-se para alguns dias de oração e penitência, confiando em que seu regresso coincidiria com o retorno de tudo ao normal.

No dia do julgamento, os desembargadores, após ouvirem, com cara de enfado, a sustentação oral esgrimida pelo Doutor Datavênia, anunciaram sua decisão: o indeferimento da prisão preventiva estava mantido. *A fundamentação exauriente emitida pelo respeitável magistrado de primeiro grau não merece qualquer reproche*, disseram.

Na sala de sessões ainda reverberavam as palavras do advogado. Entusiasmado com a própria retórica, ele fora aumentando o tom de voz à medida que o discurso evoluía:

– *Data venia*, Excelências. O réu foi rejeitado, e havia razões para pensar que a vítima tinha outro. A honra de um homem não é algo que possa ser menosprezado. Seus amigos já faziam brincadeiras sem graça, diziam que ele estava usando *chapéu de vaca*, vejam só! Como poderia simplesmente não fazer nada? Agiu com excesso, sim, mas foi porque a paixão o conduziu. O diabo guiou sua mão naquele momento de desvario. Nunca havia matado nem um passarinho. Tudo isso é assunto para o plenário do júri, quando ele será julgado por seus pares, mas desde já é preciso que seja dito a Vossas Excelências, para que tenham certeza de que não se trata de um bandido. É apenas um pobre moço, que, no instante mesmo em que acabou de praticar o ato pelo qual está sendo processado, já se via arrependido. Não há como inverter a ampulheta do tempo. E acreditem, Excelências, se isso fosse possível, ele não pensaria duas vezes. Daria tudo o que tem para reverter o que aconteceu. Agora, *data venia*, cabe aos excelentíssimos julgadores evitar que a tragédia seja ainda maior, com o recolhimento à prisão desse jovem conforme pede a promotoria, sem condenação. Não podemos fazer *tabula rasa* do princípio da presunção de inocência!

Na saída do Tribunal a imprensa está esperando ansiosa. O Doutor Datavênia, subitamente transformado em uma quase celebridade, escuta um rápido espocar de *flashes* e vê-se imerso em um mar de microfones ávidos por uma palavra sua. Pigarreia e fala devagar:

– *Data venia*, felizmente ainda há juízes em Berlim. Quero expressar a minha homenagem ao ilustre Doutor Wagner Richter, cuja decisão, nesta tarde, acaba de ser confirmada pelos doutos desembargadores da Câmara Criminal. O réu quer responder por seus atos, e mostraremos que agiu movido pela paixão. Mas, como acaba de reconhecer nosso respeitabilíssimo Tribunal, não há motivo algum para prisão preventiva. Tratou-se de um fato isolado na vida de um cidadão de bem e temente a Deus.

E, não podendo encerrar sua primeira declaração pública sobre o caso sem uma frase de efeito, completa:

– O problema dele foi que amou demais.

O mesmo jornal que mostrara a foto da morta com a blusa levantada publicou no dia seguinte uma matéria sobre o caso, atualizando o andamento do processo, sob a manchete: *Matou por amor, diz o advogado.*

11. O festival

Depois que o Tribunal julgou o recurso da promotoria e confirmou que o réu responderia ao processo em liberdade, a situação na frente do fórum, que até então era confusa, tornou-se caótica. O cordão de isolamento imposto pelas autoridades mantinha a imprensa e os curiosos afastados, mas a aglomeração foi inevitável, e o que já era inusitado transformou-se aos poucos em um festival de bizarrices.

Um grupo de feministas passou a fazer vigília no local, ostentando cartazes que pediam *Justiça para Maria* e lembravam que *Quem ama não mata*, e faixas com um desabafo: *Fora, doutor Datavênia!* No dia da primeira audiência do caso, foram confrontadas por homens que se declaravam conservadores e antifeministas. A maioria carregava uma lata ou uma garrafa *long neck* de cerveja na mão. Entre um gole e outro desafiavam as mulheres: *Vai lavar roupa! Vê se depila esse sovaco! Cadê teu marido? Não tem casa pra cuidar?* Iniciou-se um bate-boca que quase chegou às vias de fato. A polícia precisou intervir para acabar com a confusão.

A morta assistia a tudo um tanto perplexa. Sua deterioração física havia se acentuado, e as carnes nitidamente se desfaziam. O corpo, que já fora cheio de vida e que encerrara sua trajetória terrena no auge da juventude, devolvia seus átomos ao ciclo do carbono de forma melancólica: na vã espera pela correta aplicação da lei dos homens.

A essa altura, de qualquer ponto da cidade era possível saber, sem precisar consultar mapas, de que lado estava o fórum. Bastava olhar para o céu e observar os urubus voando em círculos, cada vez mais baixo, ávidos pelo repasto que se anunciava.

Ao nível do solo, porém, rolava um clima de feira. A grande concentração de pessoas, entre profissionais da imprensa, ativistas, policiais, funcionários da justiça e curiosos atraíra o tipo de gente que não perde ocasião de faturar uns cobres. Rapidamente foram montadas uma barraca de cachorro-quente, outra de algodão-doce, chegou o pipoqueiro e não faltou o onipresente *churrasquinho de gato*. À medida em que os espetinhos assavam, a fumaça começou a formar uma névoa, e o cheiro de gordura misturado com odor de cadáver deixou o ar ainda mais nauseabundo.

Apareceram também artistas de rua. Um rapaz fantasiado de Carlitos e todo pintado de branco subiu em um pedestal e ficou fazendo pose de estátua. Ao lado dele, com seus malabares, posicionou-se um casal de argentinos que costumava fazer performance embaixo do semáforo. Uma banda de *blue grass* começou a tocar músicas autorais e oferecer cópias de seu primeiro disco *pelo preço de um café*. Nos intervalos entre as canções, enquanto eles passavam o chapéu para recolher alguns trocados, podia-se ouvir um realejo, tocado por um cego que entoava uma trova enigmática cujo tema era o fim do mundo.

Em meio a tudo isso, devotos das mais variadas crenças rezavam, lançavam esconjuros e alertavam, em altos brados, sobre a proximidade do apocalipse e a segunda vinda de Cristo. Um mais exaltado agitava a Bíblia e repetia sem parar:

– *Arrependei-vos, irmãos! O fim está próximo!*

O Doutor Datavênia chega para a audiência. Estaciona o *fusquinha*, desce e abre a porta do passageiro. O rapaz o acompanha de cabeça baixa, olhando apenas para os próprios pés, por trás dos óculos escuros. Mulheres começam a vaiar, enquanto os antifeministas, já bêbados, fazem coro: *Maria morreu, morreu Maria...*

Os repórteres correm e cercam o advogado e seu cliente.

– Doutor Alípio, uma palavra sua, por favor. Como vê todo esse movimento? Qual a sua opinião sobre os protestos pedindo justiça?

– *Data venia*, justiça é tudo o que queremos. E será feita. Nosso poder judiciário, como de hábito, não falhará. Estamos aqui para colaborar. Provaremos que aconteceu uma fatalidade e que o réu é tão vítima quanto a morta.

– Por falar em morta, o que o senhor tem a dizer sobre a presença dela aqui?

– *Data venia*, isso é um fato, apesar de totalmente inverossímil. E um fato lamentável. A sociedade não merece isso. Imaginem se todos os mortos passassem agora a andar entre os vivos, contrariando as leis da natureza, sem estarem sujeitos a responder por seus atos. Seria o caos!

Neste momento, inadvertidamente, respira fundo antes de prosseguir. A fumaça de churrasco irrita sua garganta e o faz ter um curto acesso de tosse. Assim que se recompõe, encerra a conversa com um apelo:

– *Data venia*! Peçam a ela que nos deixe em paz.

A audiência dura pouco. São ouvidos apenas três policiais que compareceram ao local do crime ou participaram das investigações. Não há testemunhas oculares. Embora os fatos tenham acontecido à luz do dia e em um local movimentado, como de costume não apareceu uma única alma disposta a prestar depoimento contra o réu. O juiz designa nova data para ouvir as testemunhas da defesa e dá por finalizado o ato.

Em seguida repete-se a confusão. Advogado e réu são recebidos, na saída do prédio, debaixo de vaias e vivas, e chegam a ser atingidos por respingos de cerveja que os antifeministas, entusiasmados, jogam para cima ao erguer os braços para saudá-los.

O que acontece de diferente desta vez é que a morta, cuja presença já não estava mais nem sendo notada, grita, apontando o dedo na direção do réu. São apenas duas palavras, mas que saem num urro, como de uma fera enjaulada, e parecem pairar no ar, suspendendo o próprio curso do tempo por alguns segundos:

– *BANDIDO! ASSASSINO!*

O destinatário da acusação terrível amolece nos braços do advogado, que a custo consegue segurá-lo a tempo de evitar a queda. A aglomeração imediatamente se desfaz. À algazarra que se formara ali, segue-se um silêncio de túmulo.

12. Enfim, o fim

Exatos cinquenta e nove dias após ser barbaramente assassinada, Maria morreu pela segunda e definitiva vez. Não foi uma morte cruel como a primeira. E não houve comoção. Ninguém lamentou a partida da jovem vítima de feminicídio. Foi uma espécie de final melancólico, como a discreta saída de cena de uma velha atriz, desapontada com o roteiro e cansada do cenário.

Os funcionários da justiça, os repórteres que se mantinham nas proximidades e os grupos de curiosos que iam e vinham, cujo número havia diminuído após a confusão que se seguira à primeira audiência do caso, não perceberam de imediato a ausência da morta. Distraídos da própria razão de estarem naquele local, só se deram conta quando souberam que fora encontrado um corpo de mulher, em estado avançado de putrefação, próximo ao portão de entrada do cemitério. Nesse momento, notaram também que não havia mais urubus voando sobre suas cabeças.

Enquanto todos se perdiam em indagações sobre os motivos da repentina mudança no curso da história, espalhou-se a notícia de que o réu dera cabo da própria vida.

O fato foi constatado em primeira mão pelo Doutor Datavênia. O advogado, estranhando que seu cliente não comparecera ao escritório no horário que haviam combinado, foi procurá-lo. Encontrou fechado o apartamento em que ele morava, e obteve com os vizinhos e o síndico do condomínio a informação de que ninguém o vira sair. Preocupado com a fragilidade emocional que o rapaz revelava, decidiu-se, impulsivamente, por uma medida radical: chamou um chaveiro e mandou abrir a porta de qualquer maneira.

O pequeno apartamento tinha sangue em todos os cômodos. O morto jazia, com os pulsos abertos, sobre os lençóis encharcados, na cama de casal que um dia dividira com a esposa, de quem fora o algoz. Caída ao lado do corpo, a lâmina de barbear utilizada para provocar os ferimentos. Sobre a mesinha de cabeceira, um bilhete rabiscado em garranchos: *Não suporto mais. Vou em busca do descanso eterno. Peço perdão a quem magoei. Deus é bom e há de entender este meu ato.*

Assim que a polícia examinou o local e foram feitas as perícias necessárias, confirmando que se tratara de suicídio, o enterro foi rápido. Não houve velório.

Padre Bento compareceu, fez uma breve encomendação e rezou um pai-nosso pela alma do pecador. A seguir, sugeriu aos poucos presentes ao ato fúnebre que incluíssem o defunto, junto com a mulher que ele matara, em suas orações diárias. Para finalizar, rogou a Deus que ajudasse ambos a encontrar a paz.

Baixado o caixão à cova, cada um foi cuidar de seus afazeres e tratar de esquecer tudo de estranho que havia acontecido nos últimos tempos.

O juiz, após ser comunicado formalmente, por petição assinada pelo Doutor Datavênia, acompanhada da certidão de óbito, sobre o triste episódio que culminara com a morte do réu, proferiu sentença declarando extinta a punibilidade. Fez um longo arrazoado em que traçava o histórico da legislação criminal no país desde o tempo das Ordenações Filipinas, recheado de referências ao tratamento processual dado aos mortos no direito romano antigo, e lembrou da dignidade humana e do respeito devido àqueles que não estão mais entre nós. *A morte encerra todas as pendências!* escreveu, e considerou indispensável o ponto de exclamação, com o qual finalizou o trabalho, no meio da quadragésima nona página.

Acabou-se assim o processo. Não havendo mais réu, a vara criminal pode contabilizar uma unidade a menos no estoque e uma sentença a mais na estatística de produtividade.

Maria, da mesma maneira inexplicável como ressurgira após a morte, retirou-se, talvez sabendo que sua sina se completara e que não tinha mais nenhuma razão para continuar assombrando os vivos.

Em um último ato de protesto silencioso, largou seus despojos em frente ao cemitério, onde ficaram até serem recolhidos e jogados em uma cova rasa aberta às pressas.

Com o desaparecimento da morta-viva, tudo foi aos poucos voltando à normalidade. Em breve o povo nem lembrará mais que uma mulher assassinada pelo marido um dia ressuscitou e andou pelas ruas, cobrando em vão que o assassino fosse preso. Apenas quem esteve envolvido diretamente com o assunto não terá nunca como esquecer.

O Doutor Datavênia continua defendendo todas as causas impossíveis, que mais o fascinam quanto mais detalhes insólitos contiverem. Aproveitando a súbita notoriedade que o caso de Maria lhe deu, compilou as anotações que havia feito para o processo e escreveu um artigo que fez publicar sob o título de *Homicídio e punição em tempos de pós-modernidade: entre Otelo e Raskolnikov*.

As poucas pessoas que tentaram ler o texto redigido pelo ilustre advogado depararam-se com uma mescla de citações confusas, carente de um fluxo claro de pensamento, e não entenderam nada. Mas ele ficou muito satisfeito. Mandou imprimir uma série de separatas e as distribui onde quer que vá, acompanhadas de um punhado de balinhas de café.

E continua na sua eterna campanha para o cargo de desembargador.

Epílogo

– Que calor que faz aqui! Não tem uma janela? Não se pode abrir a porta? Estou sufocando!

– Veja, desembargador, o recém-chegado está querendo se refrescar. Contamos para ele ou não?

Risos ecoam no amplo salão parcamente iluminado, repleto de figuras masculinas.

O homem a quem se dirigiu a voz aproxima-se do rapaz, exalando autoridade. Parece ser alguém que está há muito tempo neste lugar, e que conta com um certo respeito, quem sabe até uma espécie de reverência, dos demais. Curva-se um pouco, chegando quase a encostar a boca no seu ouvido, e sussurra:

– Vejo que recuperaste a voz, meu caro. Isso é normal por aqui. Eu era surdo e agora escuto perfeitamente. Na verdade, fazem questão de que todos os nossos sentidos sejam aguçados, para que possamos sentir na plenitude todo o mal-estar que esta situação nos causa.

Para um momento, como a meditar sobre o assunto, e prossegue, num tom professoral:

— Janelas não há, como podes ver. O salão é grande, com aquela única porta, que só abre por fora, e muito raramente. Quando estamos prestes a perder toda a esperança, eis que surge por ela um garçom com uma bandeja de bebidas. Nunca traz um refresco, porém. É sempre bebida quente, e cerveja, quando tem, é sem álcool. Enfim, nada que possa nos parecer agradável.

Dá um passo para trás, parece lembrar-se de algo, e faz um gesto com a mão, ao mesmo tempo que se curva, como em penitência.

— Perdão, não me apresentei. Que vergonha! Logo eu, um homem tão educado e que frequentou as mais altas rodas da sociedade maranhense, cometo essa deselegância! Meu nome é Pontes Visgueiro. Fui dos primeiros a chegar aqui.

Aponta dois homens sisudos do outro lado do salão, ambos em trajes militares.

— O italiano e o alemão que estão confabulando naquele canto, como se trocassem segredos de guerra, chegaram depois de mim, vê só. Mas sei que ficaram bem famosos. Eu mesmo não fiz nada que possa ser comparado com a trajetória deles. Por essa razão têm algumas regalias e transitam pelos vários ambientes. Não estão confinados como nós. São os únicos que possuem permissão para entrar e sair. Até desconfiamos que estejam aqui para nos espionar.

– ...
– Mas chega para cá, junta-te ao nosso grupo. Estamos reunidos por questões afetivas, nós que falamos português, para lembrarmos de nossa terra das palmeiras onde canta o sabiá. Curiosamente, temos outras afinidades além da origem. Acabamos descobrindo que viemos todos parar aqui por motivos semelhantes. E, apesar das adversidades, passamos bem o tempo. Conversamos bastante, trocamos impressões sobre a humanidade e podemos observar que tudo vem piorando. O mundo está de cabeça para baixo. Às vezes chegamos a pensar que é bom estarmos aqui, só observando. Não é, Doca?

Um sujeito todo vestido de preto, usando óculos escuros, apesar da penumbra, tira o cigarro da boca e solta uma longa baforada antes de concordar.

— É verdade. Não se reconhece mais o mundo. Parece que todos enlouqueceram.

Pontes Visgueiro comenta, em tom de confidência:

— Doca chegou há pouco, mas já se adaptou perfeitamente. Parece que está conosco faz muito tempo.

O novato olha em volta. Tem a impressão de que todos aqueles homens são cópias uns dos outros. Os gestos se repetem, os tiques são os mesmos. Há uma música brega soando ao fundo. Uma voz grave entoa: *Você é doida demais, você é doida demais...*

— Desembargador, me diga: o que mais se pode fazer para passar o tempo por aqui, além de conversar, fumar e tomar a bebida quente de que o senhor me falou? Nada acontece, nunca?

— Bem, eu não queria adiantar isso, mas de vez em quando entra o mesmo garçom de que falei, vestido como um mestre de cerimônias e conduzindo um pequeno grupo de teatro, que encena algum tipo de história mambembe. Olha, lá vem ele!

O salão se ilumina de repente, tudo fica em silêncio. Em seguida, uma música apoteótica começa a soar e vai aumentando aos poucos, enquanto se desenvolve a apresentação. O rapaz tem a impressão de estar no meio do palco, sob os holofotes, revivendo o momento em que uma moça vai carregando uma sacola de pães e é repentinamente atacada e esfaqueada até a morte. Horrorizado, se vê no homem que segura a faca. Mas também se vê na vítima. Todas as pessoas que estão em cena têm o mesmo rosto, e é o seu rosto.

Entra em desespero. Tenta fechar os olhos e não consegue. Quer cobrir a face com as mãos, mas sente os braços tão pesados que não pode levantá-los. É obrigado a assistir tudo.

Quando a performance acaba, ele cai, quase desfalecido, e demora a se recuperar.

Pontes Visgueiro se acerca dele, tira um lenço do bolso e enxuga o suor em sua testa. Paternalmente, lhe diz:

– Seja forte. Isso vai se repetir infinitas vezes. Todos aqui já passamos por essa experiência. Chega um ponto em que não aguentamos mais, depois acabamos nos acostumando. Aí é que vai ficar difícil, porque eles acharão outra maneira de nos castigar. Cuidado com o que pensas.

E sentencia:

– O inferno somos nós e nossos pensamentos.